Vente des Lundi 21 et Mardi 22 Avril 1873
SALLE Nᵒ 7

COLLECTION DE M. R. D.

TABLEAUX

Objets d'art, Meubles, Porcelaines, Faïences
Curiosités diverses

EXPOSITION PUBLIQUE : le Dimanche 20 Avril 1873

Mᵉ DELBERGUE-CORMONT	**MM. DHIOS ET GEORGE**
COMMISSᵉ-PRISEUR	EXPERTS
Rue de Provence, 8.	Rue Le Peletier, 33.

PARIS — 1873

Vᵉ RENOU, MAULDE ET COCK

MPRIMEURS DE LA COMPAGNIE DES COMMISSAIRES-PRISEURS

Rue de Rivoli, 144

CATALOGUE

DES

TABLEAUX

De diverses Écoles

DESSINS-CADRES

OBJETS D'ART

Meubles anciens, Bronzes, Porcelaines, Faïences
Ivoires, Bois sculptés, etc.

COMPOSANT LA

COLLECTION DE M. R. D...

Dont la vente aux enchères publiques aura lieu

HOTEL DROUOT, SALLE N° 7

Les Lundi 21 et Mardi 22 Avril 1873

A DEUX HEURES

Mᵉ **DELBERGUE-CORMONT**, Commissaire-Priseur,
rue de Provence, 8,
Assisté de **MM. DHIOS** et **GEORGE**, Experts, r. Le Peletier, 33.

EXPOSITION PUBLIQUE

LE DIMANCHE 20 AVRIL 1873

———

PARIS — 1873

D 35412

CONDITIONS DE LA VENTE

———

Elle sera faite au comptant.

Les Acquéreurs paieront, en sus des enchères,
CINQ CENTIMES PAR FRANC, applicables aux frais.

L'Exposition mettant le Public à même de se
rendre compte de l'état et de la nature des Objets,
aucune réclamation ne sera admise une fois l'adju-
dication prononcée.

DÉSIGNATION

TABLEAUX

49 — Moreau (Louis). Cabane dans un bois. Signé
des initiales.

50 — Napolitain (Philippe). Marche de cavaliers.

51 — Netscher (École de). Portrait de femme.

52 — Ostade (J.). Intérieur flamand.

53 — Ostade (Genre d'). Fumeur.

54 — Oudry (École d'). Étude de chiens.

55 — Parrocel. Deux Cavaliers.

56 — Pol (Van). Étude de pêches et de prunes.

57 — Prud'hon (Genre de). Marche de Nymphes et
d'Amours.

58 — Quinkhard, 1759. Portrait de femme tenant
un éventail.

59 — Roqueplan. La Fête du bon papa.

60 — Rubens (D'après). L'Éducation de la Vierge.

61 — Salvator (École de). Pêcheurs.

62 — Sauvage. Deux Dessus de portes en grisaille :
Figures mythologiques.

63 — Stella. Repos de la sainte Famille.

64 — Subleyras. La Résurrection.

65 — Taunay (Attribué à). La Messe dans la cam-
pagne.

66 — Tournières. Portrait présumé de l'auteur,
Il s'est représenté tenant un médaillon
d'Anne d'Autriche.

67 — VALLAYER-COSTER. Pêches, Raisins et Flacon
de vin blanc.

68 — VALLAYER-COSTER. Prunes et Abricots dans
une Corbeille, Bouteille et Timbale en
vermeil.

69 — VALLAYER-COSTER. Pêches, Biscuit, Bouteille,
Verre et Sucrier.

70 — VALLAYER - COSTER. Portrait du sculpteur
Monnot (Dessin au crayon).

71 — VALLIN. Femme couchée.

72 — VIALY (Signé L.), 1752. Portrait d'homme
(Pastel).

73 — DARCY (D.). Les Forgerons (Aquarelle).

74 — N. B. (Signé), 1765. Combat de cavaliers
(Plume et sépia).

75 — SWEBACH. Marché aux chevaux (Plume et
lavis).

76 — ÉCOLE FRANÇAISE. Poteries.

77 —   Id.   Légumes et Fruits.

78 —   Id.   Le Déjeuner du chien.

79 —   Id.   La Visite au procureur.

80 —   Id.   Tête de jeune fille.

81 —   Id.   Portrait de petite fille.

82 —   Id.   Tête de vieillard.

83 —   Id.   Portrait d'un conventionnel

84 — Écolе française. Portrait d'abbé (Pastel).

85 — Id. Intérieur du Val-de-Gràce.

86 — Id. Portrait d'homme (époque Louis XIV).

87 — Ancienne école flamande. Le Christ en croix.

88 — École flamande. Bacchus et Ariane. Ce tableau porte une signature?

89 — École flamande. Trois jeunes Filles.

90 — Id. Couronnement de la Vierge.

91 — École hollandaise. Mer calme, avec vaisseaux de haut-bord.

92 — École hollandaise. Intérieur d'un palais à colonnes.

93 — École allemande. Scènes familières. Deux pendants.

94 — École italienne. Jésus et saint Pierre.

95 — Id. La Vierge.

96 — Id. La Mendiante : Scène d'intérieur.

97 — École espagnole. Plats de moules, poissons et huîtres.

98 — École moderne. Scène d'intérieur (Esquisse).

99 — Id. Une Naïade.

100 — Id. Fleurs et Fruits.

101 — ÉCOLE MODERNE. Portrait d'un forgeron.

102 —   ID.   Portrait de jeune fille. Cadre sculpté.

103 —   ID.   Paysage, Nymphe poursuivie par un Satyre.

104 — Deux Peintures : Portraits de femmes en costume du xvi° siècle et du temps de Louis XIV.

105 — Portrait de femme. Peinture sur cuivre.

106 — Sous ce numéro, les Tableaux non catalogués.

107 — Gravures encadrées.

MEUBLES, OBJETS DIVERS

108 — Bureau Louis XV en bois rose garni de bronzes.

109 — Meuble Louis XIII en bois sculpté, surmonté d'une étagère.

110 — Secrétaire Louis XV en marqueterie de bois, dessus en marbre.

111 — Grand Fauteuil Louis XV couvert en tapisserie à la main.

112 — Fauteuil Louis XIII garni en tapisserie à la main.

113 — Deux ~~Fauteuils~~ Louis XIV, garnis en tapisserie à la main.

114 — Commode d'enfant en acajou (époque Louis XVI).

115 — Écran Louis XVI en bois doré.

116 — Commode Louis XIV, garnie de cuivres.

117 — Deux Fauteuils Louis XVI.

118 — Fauteuil Louis XIII, foncé de canne.

119 — Deux Escabeaux, à dossiers sculptés.

120 — Encoignure Louis XV en bois satiné, dessus en marbre brèche.

121 — Siéges Louis XV et Louis XVI.

122 — Table-Guéridon en bois laqué, décor chinois.

123 — Une Harpe en bois sculpté.

124 — Étagère, à colonnes, décorée de guirlandes de fleurs.

125 — Coffret Louis XIV en noyer, avec ornements en cuivre.

126 — Petit Rouet en cuivre.

127 — Pendule Louis XVI en bronze doré, ornée de deux figurines : Henri IV et Gabrielle en costume de l'époque Louis XVI. Cadran de Festeau.

128 — Deux Girandoles en bronze, garnies en partie de cristaux de roche.

129 — Paire d'Appliques, à deux lumières, en bronze doré (époque Louis XVI).

130 — Un Flambeau de bouillotte.

131 — **Garniture** Empire en bronze doré : pendule, cassolettes et flambeaux.

132 — Animaux en bronze, par Mène.

133 — **Marbre blanc.** Vénus (Buste).

134 — **Ivoires sculptés.** Sous ce numéro, plusieurs Statuettes : Vierges, Christ à la colonne, Enfant Jésus, Pièces de jeu d'échecs indien, etc.

135 — **Bronzes** et Fonte de fer : bénitier, médaillons, clefs, poignards, gaînes, bas-relief, flambeaux, groupes, statuettes, bustes, divinités chinoises et indiennes, coffrets, sonnettes, encrier, etc.

136 — **Bois sculptés :** statuettes de Vierge et groupes de diverses époques.

137 — Quatre petits Émaux.

138 — Boîte ronde en ivoire, ornée d'une miniature.

139 — **Faïences italiennes :** plats, coupes, cornets d'Urbino, de Faenza, petites pièces en Castelli, etc.

140 — **Plats** à reflets.

141 — **Porcelaines** de Sèvres, de Saxe et d'Alle-
magne, à la Reine, de Nast, Barbot : plats,
beurriers, théières, compotiers, saucières,
tasses, jolies salières en rocaille.

142 — **Porcelaines** du Japon et de la Chine :
plats, sucriers, assiettes, etc.

143 — **Service** en porcelaine blanche à filets dorés.

144 — **Biscuits** : groupes, statuettes, médaillon.

145 — **Faïences françaises** de Rouen, Stras-
bourg : petite théière en terre de pipe, etc.

146 — **Grès** de Flandre : cruches à anses.

147 — **Verreries** de Venise et de Bohême : verres
à pieds, chopes, salières, flacon, flambeau, sucrier, etc.

148 — Salières en argent.

149 — **Cadres sculptés**.

Vᵉˢ Renou, Maulde et Cock, imprˢ de la Cⁱᵉ des Commissaires-Priseurs,
rue de Rivoli, 144.   30625

www.ingramcontent.com/pod-product-compliance
Lightning Source LLC
LaVergne TN
LVHW010907180726
843502LV00010B/4018